花鸟物语

美月冷霜 著

第五辑

中国财富出版社有限公司

图书在版编目（CIP）数据

花鸟物语 . 第五辑 / 美月冷霜著 . —北京：中国财富出版社有限公司，2022.10
ISBN 978-7-5047-7789-8

Ⅰ. ①花… Ⅱ. ①美… Ⅲ. ①诗集—中国—当代 Ⅳ. ① I227

中国版本图书馆 CIP 数据核字（2022）第 193422 号

策划编辑 朱亚宁　　责任编辑 孙　勃　　版权编辑 李　洋
责任印制 尚立业　　责任校对 张营营　　责任发行 杨恩磊

出版发行 中国财富出版社有限公司
社　　址 北京市丰台区南四环西路 188 号 5 区 20 楼　　邮政编码 100070
电　　话 010-52227588 转 2098（发行部）　　010-52227588 转 321（总编室）
010-52227566（24 小时读者服务）　　010-52227588 转 305（质检部）
网　　址 http://www.cfpress.com.cn　　排　　版 北京琦字文化传播有限公司
经　　销 新华书店　　印　　刷 番茄云印刷（沧州）有限公司
书　　号 ISBN 978-7-5047-7789-8/I · 0350
开　　本 710mm × 1000mm　1/16　　版　　次 2023 年 1 月第 1 版
印　　张 38.75　　印　　次 2023 年 1 月第 1 次印刷
字　　数 521 千字　　定　　价 98.00 元（全 5 册）

诗人的话

我把诗意种在大地上，叶子碧绿，花朵芬芳。
我邀诗意在枝头成长，果实丰硕，鸟儿歌唱。
我将诗意化成万千阳光，照耀万物，春风荡漾。
我渴望诗意之水尽情流淌，让星河的诗行滚烫之后，
再冷却下来奔向远乡，奔向远方，奔向远方……

风云有影天无涯
碧波溪亭起浪花
渡头景色美如画
春水过尽高邮鸭

眼前漂亮小黄鸭
可知有谁更无瑕
无法选择不长大
常在梦里乐开花

天外青山天外歌
绿水长流绿水河
壮怀任凭壮怀阔
争渡游来五龙鹅

风来雨去踩水泥
少见脚印留东西
天鹅飞行长比翼
并立湖中心相知

序言

大自然中有植物，也有动物，科学探索从大自然开始。牛顿观察到苹果落地现象，并由此发现了万有引力。后来牛顿成为举世闻名的物理学家。大自然的奥妙同样吸引着另一位科学巨人，18岁的爱因斯坦看到一只失明的甲虫，稳稳当当地在弯曲的树枝上爬行，就此发现了引力会使光线弯曲的原理，进而预言恒星与太阳的强引力场会导致光线行进轨迹发生偏转。由一束光开始研究，爱因斯坦创立了相对论，并用此理论成功证实：无论是宇宙天体还是世界万物的无穷无尽，均为相对而言。到底是谁成就了伟大的物理学家呢？答案就是大自然，世界上的很多探索之旅都从大自然开始。

大自然可以让种子发芽，并成就新的生命。作者希望透过花鸟物语系列抛砖引玉，让更多人关注大自然，进入大自然中，并分享诗意生活。什么才叫诗意生活？首先，试着学会观察大自然的和谐之处：每一只小鸟，每一朵小花，每一片云彩都可能与我们一见如故。人们一旦关注大自然，投身大自然，融入大自然，内心就会变得更富足，眼神会变得更清澈，语言会变得更优美，知识会变得更广博，生命从此会变得更有意义。

同理，人体健康与大自然也有着不可分割的关系，我们的衣食住行无不源于大自然。早年，也许人们不曾知道广东有什么特色，自从有了荔枝，广东的特色水果就此广为人知；也许人们不曾知道海南有什么特产，自从有了椰子，海南的特色水果就此广为人知；也许人们不曾知道新疆有什么美味，自从有了吐鲁番葡萄，新疆的特色水果就此广为人知；也许人们不曾知道西藏有什么水果，自从有了黑钻苹果，西藏的特色水果就此广为人知；也许人们不曾知道山东什么水果最出名，自从有了烟台苹果，山东的特色水果就此广为人知；也许人们不曾知道河北有什么宝藏水果，自从有了雪花梨，河北的特色水果就此广为人知；也许人们不曾知道浙江有什么水果，自从有了杨梅，浙江的特色水果就此广为人知；也许人们不曾知道安徽有什么特产，自从有了砀山梨，安徽的特色水果就此广为人知。让产地出名的水果还有内蒙古的河套蜜瓜，江苏的阳山蜜桃，天津的鸭梨，河南的汴梁西瓜，山西的万荣苹果，江西的赣南脐橙，广西的百香果，湖南的永兴冰糖橙。中国有名的果品还有很多很多，恕不一一列举。每每提起这些好吃的东西，人们自然而然就会联想起产地，说起产地的生态环境、人文风情和历史文化，这个地方也就伴随着特产而让人耳熟能详。几乎所有优秀物种都是大自然的恩赐，保护生态环境，热爱大自然，让大自然保持永恒活力，是我们每一个人的责任和义务。在探索大自然的同时，我们也将拥有诗意满满的美好生活。

谨将此书献给全世界每一位热爱大自然的人。

目录
contents

七言话花鸟

树鹨

shù liù

xuě rú méi huā fēn fēi zǒu, qīng shān yī yè bái le tóu

雪如梅花纷飞走，青山一夜白了头。

yín shì jiè lǐ kàn shù liù, wú wéi ér wéi zhèng qīng xiū

银世界里看树鹨，无为而为正清修。

树鹨，别名：树鲁鸡、木鹨、麦加蓝儿。鹡鸰科，鹨属，小型鸣禽。分布于俄罗斯东北部，中国内蒙古、河北等地区。树鹨每年繁殖期前，会飞往东北三省，越冬时飞往南方。树鹨上体橄榄色，下体白色，胸部和两肋布满深色细长条纹。主要栖息于杂木林、针叶林、阔叶林、灌木丛及其附近的草地，捕食各种昆虫，也吃杂草种子。物语：迁徙很累，机票免费。

shuǐ zhì
水雉

chūn yǔ qiū shuǐ xiāng duì shí, wù jiān wéi měi zhǐ yú sī
春与秋水相对时，物间唯美止于斯。
chāo jí nǎi bà kàn shuǐ zhì, líng bō xiān zǐ shuí néng jí
超级奶爸看水雉，凌波仙子谁能及。

水雉，别名：水山鸡、雉尾水鸡，长尾水雉。水雉科，水雉属，中国常见季节性候鸟。分布于斯里兰卡，中国南方各地区。栖息于植被茂密的沼泽、池塘和水田，繁殖于北纬32°以南地区。水雉以昆虫、软体动物、植物种子、嫩叶为食，其能轻步行走于睡莲、荷花等浮叶植物上。水雉体形优雅，是自然界中少数雌雄互换角色的鸟类。物语：全新学科，公平之作。

sī guāng liáng niǎo
丝光椋鸟

mián fēng lǎn yuè yǒu yú qíng　nǎ shuāng chì bǎng bù shēng měng
眠风揽月有余情，哪双翅膀不生猛。

xíng yún liú shuǐ pò bīng dòng　yuǎn shān yóu wén liáng niǎo shēng
行云流水破冰冻，远山犹闻椋鸟声。

丝光椋鸟，别名：丝毛椋鸟、灰八哥、牛便八哥。椋鸟科，椋鸟属。丝光椋鸟主要栖息活动于丘陵稀树和草坡旷野以及村落附近，有时也会出现于河谷和海岸。迁徙时结成大群，主要以各种昆虫为食，也吃桑葚、榕果等。丝光椋鸟为中国特有鸟种，主要分布于中国云南、贵州、四川等多个地区，周边国家也有分布。物语：青山绿水，大地生辉。

四川白鹅

sì chuān bái é

yuǎn shuǐ cháng tiān yuè rú fān zhuàng zhì líng yún zhuāng mǎn chuán
远水长天月如帆，壮志凌云装满船。
sì chuān bái é gāo shēng huàn kāi qǐ shēng mìng xīn jì yuán
四川白鹅高声唤，开启生命新纪元。

四川白鹅。鸭科，优秀的地方保护品种，位列中国20个鹅品种保护之首，属于中型鹅种。主产区分布于四川省江安、长宁、翠屏区、宜宾、南溪、永川、兴文、高县、达县。该品种全身羽毛洁白，眉清目秀，颈细长，优雅俊朗。具有繁殖能力强、体重大、产绒量多、产蛋量高的优势，是无就巢性而产蛋量多的白鹅品种。物语：如雪梅香，浪花千行。

sì shēng dù juān
四声杜鹃

mài huáng shōu gē xià liù yuè bù gǔ yě wài jiào kuài huo
麦黄收割夏六月，布谷野外叫快活。

wàng yǔ guāng gùn zuì hǎo guò què yōu wú bàn zhù dǎ hé
妄语光棍最好过，却忧无伴助打禾。

四声杜鹃，别名：布谷鸟。杜鹃科，杜鹃鸟属，中型鸟类。分布于西伯利亚、日本，中国东北至兰州以南各地区。四声杜鹃常隐栖树林密处，啄食昆虫，也吃植物种子。四声杜鹃每年在大苇莺和灰喜鹊以及黑卷尾等鸟的巢中产卵，能够以假乱真。四声杜鹃的幼鸟出生后，会偷偷将寄主鸟的卵或者幼鸟推出巢外。物语：爱恨参半，空留遗憾。

松雀

sōng què

yǔ lín jiàn qiū bù zhī lěng, xuān nào bǐ bìng xī shuǐ shēng.
雨林间秋不知冷，喧闹比并溪水声。
sōng què zhī tóu qīn qíng zhòng, měi rú bái yún ài chūn fēng.
松雀枝头亲情重，美如白云爱春风。

松雀。燕雀科，松雀属，寒带林栖鸟类。分布于北欧、阿拉斯加等地区，冬季迁徙时至蒙古国北部等地区，中国分布于兴安岭、长白山等地区。松雀喜欢成对在树枝上活动，非常美丽。松雀属于北方寒冷地区鸟类，栖息于山地森林以及针叶林和针阔叶混交林中，以松树或云杉等针叶树的种子及浆果为食，也吃昆虫。物语：登高母子，情长万里。

蓑羽鹤

银屏蘸水花前约，出尘拾翠折团荷。
迎风飞来蓑羽鹤，捉条鱼儿送秋波。

蓑羽鹤，别名：闺秀鹤。鹤科，蓑羽鹤属，大型涉禽。分布于中国内蒙古、吉林、黑龙江、甘肃、宁夏等地区，为夏候鸟。前颈黑色羽延长悬垂于胸下，脚和大腿很长，善于涉水。蓑羽鹤一般栖息在临水的高原、草原，沼泽、苇塘和半荒漠地带。以各种小型鱼虾、两栖类、水生昆虫、植物为食，也啄食农作物。物语：落地生辉，亲情金贵。

太湖鹅

tài hú é

yuè luò xīn dǐ qīng mèng cháng lǜ shuǐ hóng líng lián zǐ xiāng
月落心底清梦长，绿水红菱莲子香。

tài hú é qǐ hé huā làng nòng gè cì shēn xì pǐn cháng
太湖鹅起荷花浪，弄个刺身细品尝。

太湖鹅，别名：本鹅、草鹅。鸭科，雁属，小型鹅种。原产于长江三角洲太湖地区，遍布于浙江省嘉湖区域、上海市郊县以及江苏省大部，以溧阳常武地区的草鹅质量最优。鹅群自由放养生长，水陆两栖，鱼虾米粮饱腹。雄鹅叫声洪亮，喜欢展翅、追逐、啄人。母鹅温顺平和，叫声小，产蛋期长，产量高。物语：美艳神奇，稍纵即逝。

táng é
塘鹅

jí qún fēi xíng wèi shēng huó　yín hé yù dù tiān shān xuě
集群飞行为生活，银河欲渡天山雪。
táng é xiǎng de zuì tòu chè　bù yào dú bái lè qù duō
塘鹅想得最透彻，不要独白乐趣多。

塘鹅。鹈鹕科，鹈鹕属，8种大型游禽的统称，大型游禽。塘鹅体形健硕，脖子下的气囊可以缓冲水面的压力。雄性求偶时会努力展示自己的亮丽和本领。塘鹅喜欢集群出动觅食，其双眼具有切换焦距的能力，在高空发现沙丁鱼群之后，立刻俯冲入水，利用喙囊大量吞食后回去反哺给幼雏。塘鹅是大规模群居动物，生活井然有序。物语：细枝末节，任风漂泊。

tiān shān xuě jī
天山雪鸡

suì yù luàn qióng sì yǒu shēng　qiān jūn zhī lì jǐ huí tóng
碎玉乱琼似有声，千钧之力几回同。

tiān shān xuě jī yě rèn xìng　zhuó jìn gāo lái dī wǎng fēng
天山雪鸡也任性，啄尽高来低往风。

天山雪鸡。雉科，雪鸡属。原产于中国高山之巅，为中国特有的珍禽品种，草食性禽类，体型较小。分布于新疆、青海、西藏、四川等高海拔地区。天山雪鸡强健灵活，动感十足，羽衣华丽，外表清秀。雄鸡善斗，行动轻盈敏捷。主食牧草以及各种植物的根、茎、叶。经过驯化后的天山雪鸡，已适应多种生存环境。物语：日落山色，月盈如雪。

文鸟

wén niǎo

kōng shān liú shuǐ dài xī yún　kàn bù gòu de shì xīn chūn
空山流水带溪云，看不够的是新春。
wén niǎo běn yǔ tiān qīn jìn　rú jīn shēng chū ài rén xīn
文鸟本与天亲近，如今生出爱人心。

文鸟，若干侏形雀与梅花雀等似雀类的通称，文鸟科，文鸟属。原产于亚洲。中国常见白文鸟和白腰文鸟及其亚种。主要分布于中国南方部分地区，常见于长江南部低海拔的林缘和次生灌木农田中，东南亚等地区也有分布。野生文鸟的鸟喙强壮，栗褐色羽毛为主，腹部有珍珠斑点，主食各种植物种子或农作物。物语：物转星移，悄无声息。

wū dōng
乌鸫

qí dǎo měi mèng bù fù xǐng　bǎi niǎo qí míng cè ěr tīng
祈祷美梦不复醒，百鸟齐鸣侧耳听。
wéi yǒu wū dōng tiān hòu zhòng　lì wǎn qīng sī mù xuě qíng
唯有乌鸫添厚重，力挽青丝暮雪情。

乌鸫，别名：百舌、反舌、中国黑鸫。鸫科，鸫属，瑞典国鸟。乌鸫属于横跨欧亚大陆并分布广泛的雀形目鸟类，通身羽毛乌黑色，具有金属光泽，声好听会学舌，鸟喙呈柠檬黄色，雄鸟有黄色眼圈，雌鸟和幼鸟没有。乌鸫以昆虫蚯蚓和植物种子为食。当生态环境发生变化时，乌鸫开始聚集到城市生活。物语：百舌先生，尝试进城。

wū lín xiāo
乌林鸮

xián jū zhī tóu lè xiāo yáo lín fēng tīng yǔ wū lín xiāo
闲居枝头乐逍遥，临风听雨乌林鸮。

huā hǎo yuè yuán yě bà dào rú cǐ měi jǐng shuí kěn lǎo
花好月圆也霸道，如此美景谁肯老。

乌林鸮。鸱鸮科，林鸮属，大型鸮类。分布于欧洲北部、蒙古国东北部、北美洲等地区，中国仅分布于黑龙江鸥浦，内蒙古呼伦贝尔盟的根河、博克图、科尔沁右翼前旗。活动于原始针叶林和阔叶混交林之中，喜欢傍晚或夜间单独捕食。头部可以任意转动，目光如炬，听觉极为敏锐。主要猎食啮齿动物鼠类或松鼠和飞鼠以及中小型鸟类。物语：月夜神将，英姿飒爽。

乌鸦

wàn lài jì jìng yún wú yǐng, shēn shān yuè chū yìng bì kōng
万籁寂静云无影，深山月出映碧空。

wū yā suī hēi bù rèn mìng, fēi yào zhuāng hòu jià chūn fēng
乌鸦虽黑不认命，非要妆后嫁春风。

乌鸦，鸦科、鸦属中数种黑色鸟类的俗称，为雀形目中体形最大的鸟类，约有25种。乌鸦除南美洲、新西兰和南极洲外，几乎遍布于全世界。乌鸦主要栖息于低山、平原和山地阔叶林等各种类型的森林中，喜欢家族式生活，会集结成大群体在高树上鸣叫。主要吃各种昆虫、浆果、种子或翻找生活垃圾。机智、聪明、大胆。物语：掌握玄机，志向千里。

五彩金刚鹦鹉
wǔ cǎi jīn gāng yīng wǔ

hóng guāng yù cóng lán bō chū，wǔ cǎi bīn fēn hū duō yú
红光欲从蓝波出，五彩缤纷忽多余。
yīng wǔ zhí ruì chuǎng tiān lù，shùn fēng zòu xiǎng chūn guāng qǔ
鹦鹉执锐闯天路，顺风奏响春光曲。

五彩金刚鹦鹉，别名：绯红金刚鹦鹉。鹦鹉科，金刚鹦鹉属，大型攀禽。分布于墨西哥南部、美国中部和南美洲，生活于热带雨林。五彩金刚鹦鹉的羽毛十分艳丽，对趾型足，善于抓握树枝。鸟喙大而有力，咬合力强大，可啄开坚硬的坚果壳，主食各种果实和坚果以及花朵，寿命最长可达80年，不仅羽毛美丽，还会模仿人语。物语：似水流年，成事在天。

wǔ sè niǎo
五色鸟

tiān xià hé chù wú chuī yān　qīng lù diǎn dī shī cǎi tuán
天下何处无炊烟，清露点滴湿彩团。

wǔ sè niǎo pěng guì huā yàn　zhí jiē sòng wǎng xiù lóu qián
五色鸟捧桂花宴，直接送往绣楼前。

五色鸟，别名：台湾拟啄木。须鴷科，拟啄木鸟属，为中国台湾的特有种。五色鸟身披五彩斑斓的漂亮外衣，隐蔽于绿色叶丛中，不容易被天敌发现。五色鸟会发出4种不同节奏与高低变化的鸣叫声，其代表的意义可能只有同伴才听得懂。美丽的五色鸟最喜欢啄木头，每个育雏期鸟夫妇都会凿一批树洞，只选其中一个用来育雏。物语：爱无更替，情如初时。

喜鹊

梦中无尘叹浮云，卷地雪中墨初新。
喜鹊飞来报天信，今无寒流乱乾坤。

喜鹊，别名：欧亚喜鹊、客鹊、飞驳鸟、普通喜鹊、干鹊、鳱鹭。鸦科，鹊属，共11个亚种。除南美洲、大洋洲与南极洲外，几乎遍布世界各大陆。喜鹊在地上活动嬉戏时喜欢跳跃式前行，鸣声响亮常边飞边鸣叫。喜鹊营巢于高大乔木顶端，善于编织精致实用巢穴。主食蚱蜢等农作物害虫，也吃各种植物种子或者果实。物语：锦官报喜，万事如意。

相思鸟
xiāng sī niǎo

tiān dì xiāng sī bù xiāng zhī, fēng yǔ xiāng zhī bù xiāng sī.
天地相思不相知，风雨相知不相思。
xiāng sī niǎo ér ruò xiāng zhī, sān shēng sān shì bù fēn lí.
相思鸟儿若相知，三生三世不分离。

相思鸟，别名：红嘴玉、红嘴绿观音。鹟科，相思鸟属，为常见小型鸟类，相思鸟属有银耳相思鸟和红嘴相思鸟2种，中国均有分布。相思鸟羽毛非常漂亮，鸟喙壮健，鲜红亮眼，姿态优雅，神采灵动。野生相思鸟栖息活动于中高海拔的常绿阔叶林、竹林以及灌木杂草丛中，以各种昆虫和植物种子为食。物语：情有独钟，海誓山盟。

xiǎo bái tù
小白兔

xiǎo bái tù yǒu hóng yǎn jīng，ěr duo cháng cháng zuì lā fēng。
小白兔有红眼睛，耳朵长长最拉风。
tiān shēng jiù huì dǎ dì dòng，guǒ yuán chú cǎo yě hěn xíng。
天生就会打地洞，果园除草也很行。

小白兔。家兔的祖先是穴兔，穴兔类幼兔出生时身上没有毛，闭眼，耳无听觉，7天后才长毛，睁眼时具听觉，需要母体照顾。除雪兔之外，白兔毛皮不适合野外隐蔽。在中国民间白兔代表月亮，是一种祥瑞之物。现代宠物兔有体形大的，也有迷你可爱的，越是千奇百怪越受宠物界欢迎。刚出生的普通小白兔，柔软乖巧，红眼睛可爱漂亮。物语：天生精灵，从不争宠。

xiǎo é
小鹅

xiǎo é měi de xīn sū ruǎn huān lè yáng yì hú pō jiān
小鹅美得心酥软，欢乐洋溢湖泊间。

lǜ shuǐ zhī zhōng mèng wú xiàn hóng zhǎng bō chū yàn yáng tiān
绿水之中梦无限，红掌拨出艳阳天。

小鹅，一种野生鸿雁驯化而成的常见食草家禽，全身都是宝，具有喜水性等特殊习性。中国驯化饲养鹅的历史悠久，有着超过千年的历史。鹅有喜水性，主要食用水中植物、青菜以及杂草的嫩芽叶。小鹅是刚刚从鹅蛋里孵化出来的鹅仔，全身金黄色，毛绒绒的，可以放在水盆里养育。小鹅长到5个月就会下蛋，领地意识极强。物语：警惕性高，比狗还好。

xiǎo gǒu
小狗

máo máo róng róng yàng hān hān　sì tiáo xiǎo tuǐ tiáo tiáo duǎn
毛毛茸茸样憨憨，四条小腿条条短。

yǎn jīng yuán yuán zhēn hǎo kàn　tiān zhēn wú xié wán de huān
眼睛圆圆真好看，天真无邪玩得欢。

小狗。狗是最为普遍的家养宠物之一，是最早从野狼驯化而成的家畜。狗的品种很多，有的会照顾羊群，有的会稽查毒品，有的会拉雪橇，有的会为视障者提供导盲服务。狗是人类最忠实的朋友，但也偶有伤人事件发生。小狗是指刚出生不久的狗宝宝，母乳期为两个月。不论什么品种的狗宝宝都特别可爱。物语：宝宝无害，人见人爱。

xiǎo jī zǎi

小鸡仔

qīng yíng wǎn jiù jǐ piàn huáng máo róng jī zǎi kāi xīn zhǎng

轻盈挽就几片黄，毛绒鸡仔开心长。

mò yào zhǎng dà mò huàn yàng cǐ shí cǐ kè zuì fēng guāng

莫要长大莫换样，此时此刻最风光。

小鸡仔，一种由野鸡驯化而成的常见家禽。种类很多，如水鸡、乌鸡等。中国是最早驯化野鸡的国家之一，有着超过千年的历史。小鸡仔刚完成孵化时最美。满身金黄色绒毛，总喜欢追着一双移动的鞋子跑，爱集结成群。小鸡仔如果驯化得当，便可以听懂简单的口令，会按照主人意思进出鸡笼或者啄食。物语：幼时当宝，长大吃掉。

xiǎo mǎ jū
小马驹

rén rén dōu ài xiǎo mǎ jū péi bàn mā ma zuì xìng fú
人人都爱小马驹，陪伴妈妈最幸福。

rú jīn jiā jiā dōu zhì fù zài wú cóng qián jiǎo lì kǔ
如今家家都致富，再无从前脚力苦。

小马驹。马是经由野马驯化而成，有着超过千年的历史。人类驯化野马为己所用，马在战争、农业、交通运输领域起着重要作用。马通人性会认路，能听懂指令，在关键时刻，还可能救人一命，被称为人类最亲密的战友。骏马的帅气和俊美，超过地球上很多其他的动物。小马驹会站立就开始跟随妈妈，寸步不离。物语：自由伊始，日行千里。

xiǎo māo

小猫

róu qíng mèi lì wú kě dǎng　miāo miāo méng huà rén xīn fáng
柔情魅力无可挡，喵喵萌化人心房。

tiān shēng jiù shì xiǎo hǔ jiàng　wēn wǎn lǐ miàn yǒu gāng qiáng
天生就是小虎将，温婉里面有刚强。

小猫。猫属于猫科动物，是全世界家庭中较为广泛的宠物。猫的种类繁多，早期的家猫会捉老鼠，保护粮仓，现在的宠物猫会陪伴人类。小猫极为乖巧可爱，可以任意抚摸，长到7个月之后个性开始显现，常常喜欢黏人，在人身上，上蹿下跳。宠物猫不擅长捉老鼠，如非放养，则所有活物都会成为玩伴。物语：家有宠物，牵挂照顾。

xiǎo māo tóu yīng
小猫头鹰

xiǎo xiǎo méng méng māo tóu yīng　zhí jiē méng chū jīn xīng tóng
小小萌萌猫头鹰，直接萌出金星瞳。
shēng lái jiù yǒu fēi tiān mèng　zhǎng dà jià fēng yóu cháng kōng
生来就有飞天梦，长大驾风游长空。

小猫头鹰。鸮形目中的鸟被叫作猫头鹰，全世界总数超过130种。因为长着像猫一样的大脸盘，被叫作猫头鹰，分布于全球多个地区。小猫头鹰是刚刚从蛋里孵化出来的小鸟，睁着圆圆的眼睛，呆萌呆萌的。由人类从小养大的猫头鹰懂简单的口令，会在门口迎接主人。小猫头鹰很爱摇头晃脑，像在跳舞，表达它的欢乐。物语：久而久之，变成知己。

xiǎo máo lǘ
小毛驴

máo lǘ wú jù láng hé hǔ, zǒu qǐ lù lái bù rèn shū
毛驴无惧狼和虎，走起路来不认输。

xián shí cháng cháng mài fāng bù, zhù zài xiāng cūn tú shū fu
闲时常常迈方步，住在乡村图舒服。

小毛驴。驴的体形比马小很多，其形象似马，多为灰褐色，头大耳长，胸部稍窄，躯干较短，因而体高和身长大体相等，呈正方型。成年毛驴蹄子坚硬，个性勇猛，撕咬踢战斗力强，是狼、野狗以及野猪惧怕的家畜。早年在中国乡村，毛驴是重要的脚力家畜之一。如今，四个轮子替代了四只蹄子，汽车上阵，小毛驴则不用再辛苦了。物语：时代变迁，减少遗憾。

xiǎo niú dú
小牛犊

wēn shùn shàn liáng xiǎo niú dú, chéng cháng zhī zhōng jīng fēng yǔ
温顺善良小牛犊，成长之中经风雨。

shēng lái jiù yào xué rèn lù, zhī yǒu fù chū bù suǒ qǔ
生来就要学认路，只有付出不索取。

小牛犊。牛的祖先是体型高大的原牛。在驯化过程中，主要被分散到北非、欧亚以及中东三个区域，由于人类对毛皮和肉食的大量需求，只有少数原牛成功进化成现在常见的家牛。牛是人类亲密的伙伴。中国早期乡村耕种或脚力都少不了牛的劳作。牛非常通人性，听得懂主人的指令。小牛犊更是可爱，总喜欢围着人撒欢儿。物语：有甜有苦，正常程序。

xiǎo yā zǐ
小鸭子

chuí liǔ wān xià xiǎo mán yāo， gào sù yā yā shàng àn hǎo。
垂柳弯下小蛮腰，告诉鸭鸭上岸好。

shuǐ zhōng yú xiā dōu bù yào， shuǎi kāi jiǎo yā qiáo yī qiáo。
水中鱼虾都不要，甩开脚丫瞧一瞧。

小鸭子。鸭是雁形目鸭科鸭亚属水禽的统称。绿头鸭是大部分家鸭的祖先，通常栖息于淡水湖畔，亦成群活动于江河、湖泊、水库、海湾和沿海滩涂盐场等水域。鸭子的烹饪方法花样百出，板鸭、烤鸭、烧鸭、腊鸭，香飘四方。向外流淌着黄油的咸鸭蛋更是世界一绝。小鸭子长有软软的绒绒的黄毛，在水上嬉戏，可爱美丽。物语：天真烂漫，不用下蛋。

小羊羔

绿色草原天清纯，羊羔跪乳会感恩。
亲子之间讲缘分，人物一理叫爱心。

小羊羔。羊是羊亚科的统称，是人类的家畜之一，中国主要饲养山羊和绵羊。全世界各地广泛分布，羊为多用型动物。羊不仅可为人类提供羊毛和肉食，还可以给人类贡献乳汁。羊奶可制作奶粉、奶酪等，在欧美和中国的草原牧区已经成为生活中最重要的副食品之一。小羊羔生下来不怕人，喜欢围着羊妈妈活蹦乱跳。物语：羊最善良，可当奶娘。

xiǎo yáng tuó
小羊驼

cōng míng líng lì xiǎo yáng tuó，gāo yáng nǎo dai xiàng shuài gē。
聪明伶俐小羊驼，高扬脑袋像帅哥。

chǒng wù zì jǐ yǒu bù luò，hé xié gòng shēng hǎo chù duō。
宠物自己有部落，和谐共生好处多。

小羊驼。羊驼性情温顺，伶俐而通人性，为生活在南美洲的主要圈养家畜，大多生活在秘鲁和智利，少量分布于澳大利亚。羊驼早期曾被印第安人驯化成为主要载重家畜，随着时代进步免于劳役，现在圈养羊驼主要是用来剪毛，羊驼毛色细长光亮，柔软细腻。小羊驼聪明温顺呆萌，若有闲可以训练成宠物伙伴。物语：小小羊驼，跳脱活泼。

xiǎo zhū
小 猪

xiǎo zhū shēng lái shì gè bǎo, bù yòng gàn huó bù yòng nǎo
小猪生来是个宝，不用干活不用脑。

dù zǐ è le gāo shēng jiào, chī bǎo hē zú dào chǔ pǎo
肚子饿了高声叫，吃饱喝足到处跑。

小猪。猪是很古老的哺乳动物，至今非洲等地区仍有一定数量的野猪。人类从很早就开始捕获野猪并将其驯养为家畜，全世界各地区均广泛分布和圈养。家猪属杂食性动物，饲养粗放易管理，经济效益高，肉质细腻味美，营养丰富，其肉较受人类欢迎。刚刚生下来不久的小猪宝宝，十分可爱。物语：猪有智慧，不信后悔。

笑翠鸟
xiào cuì niǎo

dà hàn shuí bù wàng yún ní, zhǐ dài yǔ lái jiāng tiān xǐ.
大旱谁不望云霓，只待雨来将天洗。
shuǐ dǐ yú qún zhèng xī xì, shuí lái yú lì fēng jìn zhī.
水底鱼群正嬉戏，谁来渔利风尽知。

笑翠鸟，别名：白化蓝翠鸟。翠鸟科，笑翠鸟属，是翠鸟家族中体形最大的一种。以鱼类和小型哺乳动物为食。主要生活在澳大利亚东部和西南部的森林，笑翠鸟群居体由几个家庭和几代成员组成。一生只找一个伴侣，具有很强的领地观念。生性凶猛，可以单枪匹马轻易杀死一条响尾蛇。

物语：当仁不让，揽尽风光。

xīn jǐ nèi yà jí lè niǎo

新几内亚极乐鸟

shí yǐn shí xiàn huī huáng dǎo fēi chū hóng yǔ jí lè niǎo
时隐时现辉煌岛，飞出红羽极乐鸟。
zhǐ yīn fèng mù qíng wèi liǎo gù ér xiāng sī bǐ tiān gāo
只因凤目情未了，故而相思比天高。

新几内亚极乐鸟，别名：红羽极乐鸟、红羽天堂鸟。凤鸟科，是巴布亚新几内亚的国鸟。分布于新几内亚东部的热带森林中。求偶时，雄鸟会在高树上拍动双翼并摇头来表达对雌鸟的爱意。主要吃果实及节肢动物，可以帮助散播种子。在巴新航空公司飞机的机尾上，画着一只展翅飞翔的新几内亚极乐鸟。物语：气象万千，春晖无限。

信天翁
xìn tiān wēng

chuān liú sì hǎi guī yú tíng bǎi niǎo zhēng míng yè shōu shēng
川流四海归于停，百鸟争鸣夜收声。

bì bō làng huā bù kān zhòng tuō qǐ cháng yì xìn tiān wēng
碧波浪花不堪重，托起长翼信天翁。

信天翁，别名：信天公、信天缘。信天翁是鸟纲、信天翁科各种类的通称，大型海鸟，寿命很长，全世界有14种，南北半球均有分布。信天翁繁殖于中国南部海域，冬季常见于中国台湾、山东等沿海地区。信天翁双翅展开可达3～4米，是空中滑翔的高手。通常以鱼类、头足类动物为食，也常跟随海船，吃船上的剩食。物语：遮天蔽日，寿与福齐。

xiū liú
鸺鹠

fēng lái yǔ qù tiān yǒu qíng, xiū liú bǔ liè jìng wú shēng.
风来雨去天有情，鸺鹠捕猎静无声。

zhòu fú yè chū shì xí xìng, lín zhōng nǎi xiōng yě dāi méng.
昼伏夜出是习性，林中奶凶也呆萌。

鸺鹠，鸱鸮科，鸺鹠属，国家二级保护动物，夜行性鸟类，少数时间白天也活动。除欧洲、大洋洲、南极洲外，世界各地广泛分布。喜欢捕食老鼠、兔子等，对农业有益。平时喜欢单独游荡，多栖息活动于平原或丘陵的丛林中。繁殖期成对在树洞中营巢，出外捕食的雄鸺鹠会把食物分给雌鸺鹠，由雌鸺鹠再喂给宝宝们。物语：生存逻辑，终获满意。

xiù yǎn
绣眼

tiān xià càn làn tài yáng guǎn, fēng huà yán shí lì wú biān.
天下灿烂太阳管，风化岩石力无边。

xún zhe gē shēng zhōu wéi kàn, jīn wū cáng jiāo yǒu xiù yǎn.
寻着歌声周围看，金屋藏娇有绣眼。

绣眼。绣眼科，绣眼属，小型鸟类。原产于中国和日本，亚洲、非洲分布广泛。绣眼身上羽毛沾绿淡黄色，眼睛周围的白绣圈尤为醒目，鸣叫声婉转悦耳。野生绣眼完全树栖生活，主食各种昆虫和果实，杂食性强，饲养时要注意食物的新鲜卫生，饮水保持充足、干净。求偶时雄性绣眼歌声绕梁，音韵多变，成对后雌雄恩爱共同育雏。物语：接纳角色，拓宽自我。

xuě xiāo

雪鸮

sī xiāng yè mèng wàn lǐ cháng guī chéng yuè liang qiān céng shuāng

思乡夜梦万里长，归程月亮千层霜。

xuě xiāo jiào xǐng fēng yù wàng yún hǎi tuī kāi bàn shàn chuāng

雪鸮叫醒风欲望，云海推开半扇窗。

雪鸮，别名：雪枭、白鸮、白猫头鹰。鸱鸮科，雕鸮属，一种大型猫头鹰。其是北极苔原地区留鸟。国外分布于环北极冻土带与北极岛屿上不被冰雪覆盖的地区，国内分布于黑龙江北部等地区。雪鸮头较圆、较小，通体雪白色。在北极地区，食物主要为旅鼠、雪兔，在食物匮乏之时，也捕食其他啮齿类，雉类、野鸭等。物语：无穷希望，春来秋往。

血雀

xuè què

liú yún nìng kě bàn xīng chén, bù xiǎng jīng dòng chén shuì chūn.
流云宁可伴星辰，不想惊动沉睡春。
fēng lái xuè què zuì xīng fèn, jí yú jiào xǐng tiān xià rén.
风来血雀最兴奋，急于叫醒天下人。

血雀。雀科，朱雀属，被列入《世界自然保护联盟濒危物种红色名录》。分布于尼泊尔、中国云南西部等地区。雌鸟棕黄色头顶连接鲜黄色腰背羽，显得十分优雅美丽。血雀鸣叫声音悦耳好听，长得非常漂亮，生性胆小机警。主要生活于高海拔的山区森林或稀树灌丛中，喜欢吃花朵、果实、植物种子和各种昆虫。物语：摘片云彩，枝头澎湃。

yè lù
夜鹭

yè lù hēi bái dōu zhàn quán, zuǐ xiǎo yě kě tūn xià tiān.
夜鹭黑白都占全，嘴小也可吞下天。

qiān wàn bié bèi tā qiáo jiàn, zhǐ kàn yī yǎn nán huí huán.
千万别被它瞧见，只看一眼难回还。

夜鹭，别名：水洼子、灰洼子、夜鹤、夜游鹤。鹭科，夜鹭属，中型涉禽。国外分布于欧洲、非洲等地区，国内分布于黑龙江、吉林等地区。雄性夜鹭成鸟头顶、肩背部呈现黑蓝色且具有金属光泽。栖息于低山农田、平川河坝、池塘、沼泽地或红树林。常选择黄昏和夜间出来活动，主要以鱼虾和水生昆虫为食。物语：口味不换，静美无言。

yè yīng
夜鹰

cháng lín fēng cǎo tiān bù lǎo jiè lǚ qīng fēng shàng yún xiāo
长林丰草天不老，借缕清风上云霄。
zhòu fú yè yīng zhā zhā jiào xìng yǒu chú chóng bǎi bān hǎo
昼伏夜鹰喳喳叫，幸有除虫百般好。

夜鹰，一般指夜鹰科的鸟类，全世界共80种，中国有7种。除新西兰及大洋洲的一些岛屿外，几乎分布在全世界的温带和热带区。夜鹰的嘴看起来很小，实际上短而宽，张开时口形极大。羽毛如同枯树上的树皮，隐蔽性很强，羽毛柔软，飞行起来无声无息。夜鹰的听觉和视觉都很发达，光线过亮会眯起眼睛。物语：望而不及，遗世独立。

yín hóu cháng wěi shān què
银喉长尾山雀

nǐ yǔ shū zhī gòng dōng fēng, qiào yǐng qīng yáo àn xiāng lěng
拟与疏枝共东风，俏影轻摇暗香冷。
róu ruǎn xuě tuán ài tiào dòng, quān rù shì píng chéng wǎng hóng
柔软雪团爱跳动，圈入视屏成网红。

银喉长尾山雀，别名：十姊妹、银颏山雀。山雀科，长尾山雀属，小型鸟类。国外分布于北欧和东北欧、西伯利亚至勘察加半岛、萨哈林岛、日本、朝鲜等地，国内分布于北京、河北等地。多栖息于山地针叶林或针阔叶混交林，在东北辽宁地区尤以东部山区的落叶松林中较为常见，冬季或迁至平原。物语：心底如春，抛却红尘。

yīng wǔ
鹦鹉

shēn pī cǎi yī chuān yún fēi, bù céng zhé yāo tiān shān shuǐ.
身披彩衣穿云飞，不曾折腰天山水。
zhòng xīng yǒng xiàng xuǎn měi huì, tuī jǔ yīng wǔ dāng huā kuí.
众星涌向选美会，推举鹦鹉当花魁。

鹦鹉，鹦形目众多羽毛艳丽、喜爱鸣叫的鸟的总称呼。鹦鹉有很多个品种，羽色体态都十分轻盈美丽，是鸟类中典型的攀禽。鹦鹉分布于世界各地，为中国各地常见鸟类。主食各种花蜜、坚果、嫩枝叶、种子和柔软多汁的果实，也吃少量昆虫。鹦鹉大多生活在热带森林或者热带雨林，主要以树洞为巢，可以模仿其他鸟鸣和人语。物语：五彩斑斓，志向于天。

yóu bí tiān é
疣鼻天鹅

qiān kē dà shù wàn gè wō　méi yǒu yī gè shǔ yú é
千棵大树万个窝，没有一个属于鹅。
sì dà jiē kōng zhào yàng guò　zhí shàng jiǔ xiāo lǎn xīng hé
四大皆空照样过，直上九霄揽星河。

疣鼻天鹅，别名：哑天鹅、赤嘴天鹅。鸭科，天鹅属，大型游禽。国外分布于亚洲中部、欧洲纳维亚半岛等地区，国内分布于新疆中部和北部。疣鼻天鹅身形大而优美，全身披挂雪白色羽毛，前额鼻子处有疣状突起物，故被称为疣鼻天鹅。飞行时集群，不爱鸣叫，伸长头部，张开巨大双翼翱翔于天际，十分优雅漂亮。物语：青春不多，切勿挥霍。

yuān yāng
鸳鸯

xìng fú yì chū shí nán miǎn，yuān yāng dī yǔ yún shuǐ jiān。
幸福溢出实难免，鸳鸯低语云水间。
róu qíng wàn qiān liǎng xiāng kàn，shǐ zhī ài shì chūn róng yán。
柔情万千两相看，始知爱是春容颜。

鸳鸯，别名：官鸭、匹鸟。鸭科，鸳鸯属，中型鸭类。分布于中国东北北部、俄罗斯、朝鲜等地区。栖息于山地的河谷、溪流，营巢于树上洞穴或河岸，活动于多林木的溪流。杂食性，春秋季，以植物性食物为主，5—8月，以动物性食物为主。鸳鸯喜欢成双成对嬉戏。被列入中国《国家重点保护野生动物名录》，级别二级。物语：称心如愿，并蒂相连。

yuán dīng niǎo
园丁鸟

chūn lái kāi qǐ ài zhǔ tí, yuán dīng dào chù zhǎo gān zhī
春来开启爱主题，园丁到处找干枝。
qǔ gè lǎo po bù róng yì, jìng rán xiān yào kàn fáng zi
娶个老婆不容易，竟然先要看房子。

园丁鸟。园丁鸟科有8属20种。分布于新几内亚和澳大利亚。科内园丁鸟属中有3个种类为单配制，具有领域性，雌雄结对，部分园丁鸟为一雄多雌制。雄性园丁鸟大多羽毛色彩鲜艳美丽。园丁鸟大多以果实、昆虫以及其他无脊椎动物、蜥蜴和其他鸟的幼雏为食。追求雌性时，雄性园丁鸟会跳舞并鸣叫。物语：守望美好，生命不老。

云雀
yún què

tiān lài zhī yīn hàn yín hé，jīng luò duō shǎo tián yuán gē。
天籁之音撼银河，惊落多少田园歌。
zhī tóu yǒu zhī xiǎo yún què，chàng de wǎn xiá yě hóng huǒ。
枝头有只小云雀，唱得晚霞也红火。

云雀，百灵科，云雀属，小型鸣禽，中国各地区常见的留鸟类。云雀体型娇小玲珑，上体羽毛沙棕色具有褐色条纹，头顶长有冠羽，鸣叫声频繁，委婉动听。在繁殖季，雄鸟会在天空边飞行边鸣叫，声音美妙多变，还用力拍打翅膀，以求引起雌鸟的关注。求偶成功后，结对营巢于隐蔽的草丛或树根灌木，雌雄相亲相爱共同抚养后代。物语：歌声美妙，从不走调。

zhǎo zé shān què
沼泽山雀

shī zhī dōng yú hèn gāo shēng，shōu zhī sāng yú dī diào xíng。
失之东隅恨高声，收之桑榆低调行。

zhǎo zé shān què zhī tiān mìng，zì jiā tián lǐ hǎo zhuō chóng。
沼泽山雀知天命，自家田里好捉虫。

沼泽山雀，别名：小山雀、小豆雀。山雀科，山雀属，体型比大山雀稍小的鸟类。欧亚大陆各地区分布广泛，中国南北方常见留鸟。沼泽山雀头顶黑色，颈项下部至腹部白色，背部灰褐色有深有浅，长相俊雅。野生沼泽山雀主要栖息于附近有水源和沼泽的林地，常在针叶林和阔叶混交林的树冠枝头捕食或到沼泽湿地啄食水生昆虫，杂食性。物语：上天成全，知足平安。

鹧鸪

乡景之中有天骄，身心都要安顿好。
最怕成为盘中宝，难与风云相偕老。

鹧鸪，雉科鸟类的一属，共有5个物种。分布于中国、印度、缅甸等地区。鹧鸪腿脚爪强健有力，喜欢在地上行走。不常飞行，但飞行速度很快。生活在丘陵、矮小山岗、山地的次生林、低矮灌木林、杂木林，尤其喜欢生活在上有稀疏树木遮顶下方有落叶草少的环境。以各类昆虫蚱蜢、山蚂蚁、蟋蟀、野果、杂草嫩叶为食。物语：无愧天地，活出意义。

zhēn wěi yā
针尾鸭

dōng hú xī hú hú hú kuān　běi hǎi nán hǎi tiān tiān lián
东湖西湖湖湖宽，北海南海天天连。
zhēn wěi yā shì xiǎo pí dàn　bō kāi shuǐ miàn wǎng xià zuān
针尾鸭是小皮蛋，拨开水面往下钻。

针尾鸭，别名：尖尾鸭、拖枪鸭、长尾凫、中鸭。鸭科，鸭属，中型游禽。繁殖于欧亚大陆的北部等地区，越冬于东南亚等地区，繁殖于中国新疆西部天山，越冬于中国南部等地区。针尾鸭雄鸭的尾巴至尖端细长如针，雌鸭近似尾针略短。针尾鸭喜欢把身子钻入水底下觅食，水面上往往只露出摇动的细长尾巴。物语：水中捞天，辽阔无边。

zhōng dù juān
中杜鹃

bù duān xīn zhì xiàng yè kāi, dù juān cóng wèi shòu zhì cái.
不端心智向夜开，杜鹃从未受制裁。
huā qián yuè xià fēng liú zhài, hé shí bù zài zhù gāo tái.
花前月下风流债，何时不再筑高台。

中杜鹃，别名：蓬蓬鸟。杜鹃科，杜鹃属，中型鸟类。杜鹃常隐栖树林密处，不易发觉其踪迹，捉食各种昆虫，也吃植物种子，为林中益鸟。不做巢，不抚养后代，在大苇莺等鸟的鸟巢中产卵，与寄主卵的外形相近，不易被寄主鸟发觉。杜鹃幼鸟出生后，便把寄主鸟的卵或幼鸟推出巢穴之外，由寄主鸟抚养长大。物语：任性谋利，违背常理。

zhōng guó shòu dài niǎo
中国寿带鸟

bàng wǎn lín jiān fēng yǔ kuáng　qīn niǎo zhǎn chì bǎ cháo dǎng
傍晚林间风雨狂，亲鸟展翅把巢挡。
wàn wù yǒu líng dōu yī yàng　mǔ ài wú jià bǐ tiān cháng
万物有灵都一样，母爱无价比天长。

中国寿带鸟，别名：练鹊、长尾鹊、绶带鸟、一枝花、赭练鹊。鹟科，寿带鸟属。在中国主要为夏候鸟，部分在广东、广西等地越冬。中国寿带鸟色彩艳丽，尾羽很长，如同两根绶带飘逸潇洒。主要栖息于低山丘陵和山脚平原地带的阔叶林和次生阔叶林中，以多种昆虫为食。鸟巢建筑在树杈之间，有人拍到雌鸟为幼雏遮挡风雨的镜头。物语：追云逐日，情动天地。

zhōng huá pān què
中华攀雀

xì cǎo chán chū xīn dǐ qíng　zhōng huá pān què fàng gāo shēng
细草缠出心底情，中华攀雀放高声。
hū huàn yuán fēn lái rù mèng　yǔ jūn jié duì zhàn chūn fēng
呼唤缘分来入梦，与君结对占春风。

中华攀雀。山雀科，攀雀属。国外分布于俄罗斯极东部，分布于中国东北地区，迁徙至日本和朝鲜。中华攀雀体型娇小玲珑，眉羽的黑色细长斑块格外醒目。主要栖息活动于近水的芦苇丛或稀树密林之间，捕食各种昆虫，也吃植物的叶、花、芽、花粉和汁液。中华攀雀雄鸟的最大本领就是建筑柔软的梦中巢穴，建筑手段越高超越受欢迎。物语：房子漂亮，迎娶新娘。

zhū lí
朱鹂

chūn fēng wú rì bù shēng zī　nóng zhuāng yàn mǒ qiào zhū lí
春风无日不生姿，浓妆艳抹俏朱鹂。
liáng bó suì yuè yě jiē jì　nǎ lǐ méi yǒu lián lǐ zhī
凉薄岁月也接济，哪里没有连理枝。

朱鹂，别名：栗色黄鹂。黄鹂科，黄鹂属，在中国台湾为留鸟。分布于喜马拉雅山以东至缅甸以及泰国等地区，中国分布于云南、海南等地区。朱鹂颜色鲜艳，羽毛绯红搭黑色，非常炫目抢眼。栖息于较低海拔的阔叶林内。对其生存造成的主要威胁来自于森林栖息地的破坏。雌雄亲鸟双双育雏，以各种昆虫和花蜜为食。物语：时代变迁，地覆天翻。

zhū rú niǎo
侏儒鸟

lǜ yá hóng lěi jìng wú shēng, fēng yuè wú biān jiē shēn qíng.
绿芽红蕾静无声，风月无边皆深情。

shū yíng quán yóu měi méi dìng, qiān shǒu yíng zào chūn zhī jǐng.
输赢全由美眉定，牵手营造春之景。

侏儒鸟，美洲热带森林地区雀形目、儒鸟科59种鸟类的统称。侏儒鸟嘴又粗又短，身体属于短胖形，翼和尾部均较短，大多数雄性的羽毛都很鲜艳亮丽，求偶时翅膀羽毛会发出声音，能在振动时发出锉磨声、吧嗒声和噼啪声，为心仪的雌性演奏小夜曲。蓝背侏儒鸟会找两只以上的雄性来组团跳舞，直至获得雌性芳心才散去。物语：竭尽风流，无奇不有。

珠鸡

半是桃红半是秋，满眼珍珠缀上头。
浑然天成无意秀，哪知出道挺抢手。

珠鸡，别名：珍珠鸡。珠鸡科，中型陆生鸟类。分布于非洲的热带地区，栖息地范围广泛，见于茂密的雨林、半荒漠等地区。珠鸡雌雄羽毛色彩相似，整体外形美观。善于飞行，有洗沙浴及卧栖架的习性。喜欢安静舒适、空气新鲜、通风透气的生活环境。杂食性，爱吃青绿饲料，如较嫩的杂草和树叶。物语：拂日卷云，月悬称心。

竹鸡 (zhú jī)

shēng lái bù dé yī rì xián，zhuó lái zhuó qù máng pò tiān。
生来不得一日闲，啄来啄去忙破天。

zhú jī cháng zài mì lín jiàn，zuì hèn chéng wéi pán zhōng cān。
竹鸡常在密林见，最恨成为盘中餐。

竹鸡，别名：竹鹧鸪。雉科，为中国特有的观赏鸟类，在南方为常见种类。活动于山地、灌丛、草丛、竹林等地。竹鸡羽毛色彩艳丽，雄鸟生性好斗，早期曾被驯化后当作斗鸡观赏。竹鸡鸣叫声有的如同连续高喊“地主婆”“地主婆”，有的声音又像是连续喊“扁罐罐”“扁罐罐”，此鸟善于鸣叫。杂食性，栖息于隐蔽的竹林灌丛中。物语：安乐自足，便是幸福。

zǐ lán jīn gāng yīng wǔ
紫蓝金刚鹦鹉

zǐ lán jīn gāng yīng wǔ měi, měi de bì bō yě yào zhuī
紫蓝金刚鹦鹉美，美得碧波也要追。

shén yùn gū gāo gèng huá guì, huì ruò lì hai jiào míng zuǐ
神韵孤高更华贵，喙若厉害叫名嘴。

紫蓝金刚鹦鹉，别名：蓝紫金刚鹦鹉、风信子金刚鹦鹉。鹦鹉科，琉璃金刚鹦鹉属，鹦鹉家族中个头最大的成员。分布于南美洲的玻利维亚、巴西和巴拉圭。主要栖息活动于棕榈林或干燥树林中。全身的钴蓝色华丽羽毛和巨大鸟喙，尽显其王者风范。紫蓝金刚鹦鹉“夫妇”相亲相爱，轮流孵卵共同育雏。物语：温和巨人，美进人心。

zǐ xiōng fó fǎ sēng
紫胸佛法僧

měi lì zǐ xiōng fó fǎ sēng, zhōng zhēn bù yú liú měi míng.
美丽紫胸佛法僧，忠贞不渝留美名。

chūn tiān fēng yún suī níng jìng, děng dài què zài fēi wǔ zhōng.
春天风云虽宁静，等待却在飞舞中。

紫胸佛法僧，别名：燕尾佛法僧。佛法僧科，佛法僧属。广泛分布于撒哈拉以南非洲地区和阿拉伯半岛南部。群栖或独栖性，生活环境多样。紫胸佛法僧羽毛绚丽多彩，几乎把所有美丽色彩都集于一身。喙粗壮有力，呈锥形但先端微下弯具钩。以昆虫、蜥蜴、蜘蛛、小型哺乳动物及小鸟为食，繁殖期抢占洞穴时极为凶猛。物语：如若定亲，永不变心。

zōng bèi bó láo
棕背伯劳

xiǎo xiǎo zōng bèi bó láo niǎo fēng gān là ròu jì shù gāo
小小棕背伯劳鸟，风干腊肉技术高。
wěi wǎn zhī zhōng yǒu bà dào tiān dì zhí hū shòu bù liǎo
委婉之中有霸道，天地直呼受不了。

棕背伯劳，别名：大红背伯劳、桂来姆。伯劳科，伯劳属，为本属较大体型者。国外分布于泰国等地区，国内分布于甘肃、陕西等地区。主要栖息活动于平原山林或园林、农田、村寨、河流附近，也喜栖于竹林、电视接收天线或电线上。多喜欢单独活动，地域性很强，如果猛禽误入其地盘会遭到袭击。以昆虫为食，经常挂于树枝上进食。物语：声音动听，个性勇猛。

zōng liǎn wēng yīng
棕脸鹟莺

fù yuē sì zài qī dài zhōng, yī gè xī lái yī gè dōng.
赴约似在期待中，一个西来一个东。
zōng liǎn wēng yīng mò jī dòng, míng yuè zài sòng yī fān fēng.
棕脸鹟莺莫激动，明月再送一帆风。

棕脸鹟莺，鹟科，鹟莺属，小型鸟类，为中国南方及台湾地区常见留鸟类。分布于尼泊尔缅甸、印度支那北部。中国南方地区也有分布。栖息活动于海拔2500米以下的阔叶林和竹林中。喜欢在林中树隙之间飞来飞去，发出欢快鸣叫声。主要以昆虫和昆虫幼虫为食。求偶期雄鸟呼叫雌鸟时，叫声清脆悠长，宛如唱圣歌。物语：若有情感，声音超甜。

zōng shàn wěi yīng
棕扇尾莺

fēi tiān bù yǔ fēng chán mián　cóng róng shēng huó zuì jiǎn dān
飞天不与风缠绵，从容生活最简单。

zōng shàn wěi yīng ài píng dàn　zhuō chóng yù chú máng de huān
棕扇尾莺爱平淡，捉虫育雏忙得欢。

棕扇尾莺。扇尾莺科，扇尾莺属，小型鸟类。雌雄鸟羽色相似。国外分布于欧洲、非洲。国内分布于陕西、四川等地区。主要栖息于开阔草地、麦田、矮树中，较喜湿润灌丛和芦苇丛及草地。繁殖季节多单独或成对活动，领域性强，冬季常3～5只或10多只结成松散群活动。以各种昆虫及其幼虫为食，偶尔也吃少量植物种子。物语：不测风云，流金淌银。

zōng tóu yā què
棕头鸦雀

zōng tóu yā què duì yuè mián, yù chú xuǎn zài lín mù jiān.
棕头鸦雀对月眠，育雏选在林木间。

zuì pà fēng yǔ líng bō luàn, lín shī zì jǐ xiǎo dì pán.
最怕风雨凌波乱，淋湿自己小地盘。

棕头鸦雀。莺鹛科，鸦雀属，小型鸟类。国外分布于俄罗斯西伯利亚东南部等地区，国内广泛分布于东部地区。棕头鸦雀体羽大致上红棕色。主要栖息于中低山阔叶林和混交林林缘灌丛地带，也栖息于疏林草坡、竹丛、矮树丛和高草丛中。棕头鸦雀长相肥嘟嘟圆滚滚，模样非常讨喜。主要以捕捉各种昆虫为食，也吃植物种子。物语：碧海青天，大爱无言。

碧翠凤蝶

bì cuì fèng dié

hóng yè shū zhǎn qiū yì wǎn, bì cuì fèng dié liàn chūn tiān.
红叶舒展秋意晚，碧翠凤蝶恋春天。

bù gù yún gāo liǔ méi dàn, yù chě shí guāng huàn xīn yán.
不顾云高柳眉淡，欲扯时光换新颜。

碧翠凤蝶，别名：翠凤蝶、黑凤蝶、乌凤蝶、浓眉凤蝶、中华翠凤蝶。凤蝶科，凤蝶属。分布于中国、日本、韩国、朝鲜、越南、印度、缅甸等地。碧翠凤蝶翅展大，底色灰黑色布满翠绿色鳞片，翅脉明显，有暗紫红色圆环色斑，非常好看。寄生于芸香科柑橘属、黄柏属、光叶花椒等植物丛中，成年蝴蝶吸食各种花粉花蜜。物语：花开蝶舞，收获富足。

chán
蝉

tiān yī wú fèng rú hé chuān gèng yǒu shí guāng bù huí huán
天衣无缝如何穿，更有时光不回还。

rén jiān hǎn jiàn rěn zhě fàn xiāng sī yǔ chán qìng yú nián
人间罕见忍者范，相思与蝉庆余年。

蝉，别名：知了，已有记录2000余种。分布于温带及热带地区，栖于沙漠、草原和森林。除每年仲夏出现的三伏蝉——蛾蝉属等属的种类之外还有周期蝉。蝉的一生主要在地底下以吸取树根汁液生活，成年到繁殖期的最短时间需要3年。北方夏天最常见的黑蚱蝉，酷热的盛夏中午雄蝉呼叫雌蝉的声音此起彼伏。物语：岁月凝重，戏剧一生。

fēng niǎo yīng é
蜂鸟鹰蛾

nóng qíng mì yì yún fēi yáng　bǎi huā shèng kāi zì rán xiāng
浓情蜜意云飞扬，百花盛开自然香。

fēng niǎo yīng é sì bù xiàng　què shì dié zú dì yī qiáng
蜂鸟鹰蛾四不象，却是蝶族第一强。

蜂鸟鹰蛾，别名：蜂鸟蛾。天蛾科，长喙天蛾属，外形像蜜蜂。分布于亚洲、南欧和北非，中国已知分布于东北、华北、华中、华东等区域。蜂鸟鹰蛾是一种耐久的快速飞行动物，分散性很强，因此夏季可能在北半球的任何地方都可以观察到。蜂鸟鹰蛾可原地悬空采食花粉，生活习性和飞行状态以及采食行为与蜂鸟相近。物语：另类微光，花境吉祥。

guō guō
蝈蝈

méi fēng yǎn bō dòng dì kāi，míng yuè huā yǐng jià yún lái。
眉峰眼波动地开，明月花影驾云来。

guō guō wèn ài jīn hé zài，fēng shuō zhī yīn zài yáo tái。
蝈蝈问爱今何在，风说知音在瑶台。

蝈蝈，昆虫纲、直翅目、螽斯科一些大型鸣虫的通称。中国用小竹笼饲养欣赏蝈蝈鸣唱的历史十分悠久。河北保定易县西山北乡的冀蝈蝈、山东北部的鲁蝈蝈和山西的晋蝈蝈以及南方各地的南蝈蝈等品种，都深受鸣虫爱好者喜爱。大部分雄性蝈蝈外形漂亮，前翅透过震动发声，为求偶弹奏的爱情小调，明快优美，极为动听。物语：爱之深沉，传遍古今。

mì fēng
蜜蜂

mì fēng ài hèn zǒng chán mián, máng lù fēn xiǎng bù lǎo tiān
蜜蜂爱恨总缠绵，忙碌分享不老天。
jiè zhe qiū shuǐ jīng chà kàn, shǐ zhī cháng yǒu huā róng yán
借着秋水惊诧看，始知长有花容颜。

蜜蜂，昆虫纲、膜翅目、蜜蜂科动物的统称。中国饲养较多的为中华蜜蜂。蜜蜂为社会性昆虫，由蜂王和雄蜂以及工蜂组合成为一个大群体，分工明确，合作愉快，工蜂能泌蜡建筑六棱型巢房。蜂王与雄蜂负责传宗接代扩大族群，工蜂负责日常所有事务。蜜蜂之间以叫声和舞蹈互递信息，每次采完花蜜之后，蜜蜂都用嗡嗡声向花朵表示谢意。物语：花之风景，甜蜜取胜。

qiū chì qīng
秋赤蜻

yān yún xiù chū shòu jīn tǐ，wú tóng luò yè fēng xiān zhī。
烟云秀出瘦金体，梧桐落叶风先知。

qiū chì qīng shēng xiāng sī yì，jiū chán chūn shuǐ zuò jià yī。
秋赤蜻生相思意，纠缠春水作嫁衣。

秋赤蜻。蜻科，赤蜻属。秋赤蜻眼褐色，胸褐红色，有数条细而不规则的黑斑点。雌虫复眼及身体颜色较淡，偏黄褐色。成虫在水域旁的草丛活动，雌性秋赤蜻产卵时把卵点在水面的植物上，雄性则在一旁担任护卫。普遍分布在平静的水域，包括水田、沟渠、池塘、沼泽、水甸子。秋赤蜻为各地常见物种。物语：展翅高飞，携带祥瑞。

螳螂

jīn gāng nù mù shàng yún xiāo zhuàng huái jī liè fēng kàn hǎo

金刚怒目上云霄，壮怀激烈风看好。

suī shuō chú hài bù zú dào què shì tiān jiè dì yī dāo

虽说除害不足道，却是天界第一刀。

螳螂，昆虫纲、螳螂目的昆虫统称。广泛分布于热带、亚热带和温带的大部分地区。螳螂属肉食性昆虫，主要捕食危害农作物的蚂蚱和金龟子等。螳螂外形威风凛凛，通体碧绿，遍布全国各地。其伪装能力和捕捉本领极为强大，雄螳螂为传宗接代，甘愿成为母螳螂的食物，为未来的子孙献身，提供必要营养。物语：未来思念，日月循环。

bái qiān shǒu fó shān hú

白千手佛珊瑚

nǎ duàn suì yuè wú cāng sāng, lì jīng cuò zhé yào chéng zhǎng.

哪段岁月无沧桑，历经挫折要成长。

hǎi dǐ shēng wù yě yī yàng, jìn lì tiē jìn tài yáng guāng.

海底生物也一样，尽力贴近太阳光。

白千手佛珊瑚，中文学名：白千手佛。白千手佛珊瑚以浮游动植物及其他有机物碎屑为食，也吃冷冻饲料。喜欢随着海水波浪摇曳，多独居于平静的海底或者礁石上，当被鱼类骚扰时，会聚集成一团。适合的水温在22℃~28℃之间，如果温度过低时，也会在沙地上挖掘一个恰巧可藏身的洞穴躲藏取暖。

物语：海深有沿，谦虚无边。

cháo tiān lóng shuǐ pào yǎn
朝天龙水泡眼

fēng liú shuǐ pào fēi děng xián shēng jiù líng yún zhuàng zhì yuǎn
风流水泡非等闲，生就凌云壮志远。

jīn jiāng tiān mén kāi yī bàn pǎo jìn chūn sè qù yóu wán
今将天门开一半，跑进春色去游玩。

朝天龙水泡眼。因其眼球好似龙睛，又向上翻转望天而得名。朝天龙是一个独特品种，加上眼睛旁边的大水泡，魅力十足。由于终生望天的原因，觅饵时需借助于嗅觉。名贵的品种有红白花水泡、朱砂泡水泡和五花水泡。不同色彩的美丽鱼尾，十分奇特漂亮。饲养朝天龙水泡眼时，水温应在10℃~28℃，水色澄清，水质柔软。物语：望天成长，财丁两旺。

长刺海胆

枯笔干墨脱俗时，渲染勾勒无尘衣。
魔鬼海胆学无技，亮出一袭柔情枝。

长刺海胆，别名：魔鬼海胆。冠海胆科。分布于印度洋、西太平洋海域。长刺海胆全身黑色，中心处看起来长有红色眼睛，通体有长刺含有毒素，长刺海胆极会保护自己，每当感受到或遇到危险，总会竖起长刺进行防御或攻击。生长速度很快，夜间常成群出没到处觅食，主食藻类和各种海草。如饲养它，需要保持水温在24℃~27℃。物语：天地空泛，包容万千。

chě qí hēi shuǐ pào
扯旗黑水泡

wū lóng mèng zhōng yù huí tiān　bù zhī xiǎo yuè hé shí yuán
乌龙梦中欲回天，不知晓月何时圆。

jí mù yún shān làng huā yuàn　jiǔ jiāng shuǐ píng wú yún fān
极目云山浪花苑，九江水平无云帆。

扯旗黑水泡，是一种黑色鱼的别称。1982年，水泡眼中才出现全身黑色的品种。其水泡眼具有微凸小泡的蛤蟆头，眼球下生有半透明黑泡泡，游荡起来感觉晃来晃去，喜欢安静地伏在缸底休息。对水质极为敏感，因其具有墨黑色的独特外形，所以被称为扯旗黑水泡。其常被赋予旺家富贵的寓意，深受人们喜爱。物语：天生福将，精彩独享。

chú jú shān hú
雏菊珊瑚

huā kùn qiū fá fēng bù lǎo，chú jú shān hú yíng chǐ gāo。
花困秋乏风不老，雏菊珊瑚盈尺高。

làng suí cháo qù kàn rè nao，jiè lǚ cǎi yún shàng jiǔ xiāo。
浪随潮去看热闹，借缕彩云上九霄。

雏菊珊瑚。分布于印度洋、西太平洋珊瑚礁海域。海底生物，多生长在阴暗的珊瑚礁岩壁或岩穴周围，由数个群体一起簇拥生活，通常为团块形或柱形及圆形，呈多棕或绿色，体态呈现半球形。主要分布于珊瑚礁边缘或者陡峭的斜坡上，具有弥散神经系统，受刺激会自由漂浮移动。依靠过滤浮游生物为主食，可进行无性分裂繁殖。物语：海鉴明月，香飘银河。

hǎi dài
海带

wàn qiān fāng huá shuǐ zhōng yáo　hǎi yāo dài yè yǒng bù lǎo
万千芳华水中摇，海腰带叶永不老。

tiān shàng hóng xiá cháng lóng zhào　chén dǐ suì yuè gèng jìng hǎo
天上红霞常笼罩，沉底岁月更静好。

海带，别名：纶布、昆布、江白菜。海带科，海带属，多年生大型食用藻类。分布于北太平洋与大西洋沿岸地区，中国北部及东南沿海有大量养殖。藻体褐绿色，长达数米，由固着器、柄部和叶片三部分组成。固着器可以附着海底岩石，柄部粗壮，叶片带形。生长于水温较低的海域之中。海带养殖成本低廉、营养丰富，为常见食用藻类。物语：花容月色，奉献良多。

hǎi kuí
海葵

bì bō làng tóu xìn shǒu cái qiān shù wàn shù xīn huā kāi
碧波浪头信手裁，千束万束心花开。
hǎi kuí lǐ duō fēng bù guài cháng jiāng yú ér yōng rù huái
海葵礼多风不怪，常将鱼儿拥入怀。

海葵，一种海洋中的捕食性食肉动物。身体柔软，构造非常简单。分布于印度洋、太平洋等海域中的珊瑚礁上。上端为海葵的口部，周围长着颜色各异的触手，上面布满刺细胞，以保护自身和辅助其捕捉小鱼等猎物。大部分能固定在海底岩石上，有的依附在寄居蟹所寄居的螺壳上，常跟寄居蟹或小丑鱼过共生生活。物语：静中安然，天地自宽。

hǎi píng guǒ
海苹果

měi luò fēng yún bù dài shuō tiān xià dú chǒng hǎi píng guǒ
美落风云不待说，天下独宠海苹果。

héng dí chuī luò tiān shàng yuè shù qín shōu huí lán tián gē
横笛吹落天上月，竖琴收回蓝田歌。

海苹果。紫伪翼手参瓜参科，伪翼手参属，一种海参。国外分布于马达加斯加、红海等地区，国内分布于香港等地区，海苹果具有众多微小管足，色彩斑斓。身体呈卵形，脚呈管状，性情温和，不喜欢接近其他鱼类。因其消化能力有限，不需要吃太多食物，其呼吸树本身就是捕食触手，用来摄取水中的浮游生物。物语：花红叶绿，平安是福。

hóng jiàn yú
红箭鱼

yuè xià hóng guāng jiàn yú yóu chuī sàn yī shēng huái gǔ chóu
月下红光剑鱼游，吹散一生怀古愁。

chí dǐ fēng liú ruò bù gòu yuè qǐ dǎ shī bái lián tóu
池底风流若不够，跃起打湿白莲头。

红箭鱼，别名：红剑、剑鱼。花鳉科，剑尾鱼属，一种人工培育的淡水观赏鱼，浑身通红。红箭鱼为热带鱼类，原产于南美洲。红箭鱼属于小型鱼类，性别特征明显，性情温顺。以蚯蚓、红虫等为食。雄鱼尾鳍下叶延长，末端又尖又长似长剑，故名红箭鱼，雌鱼没有剑尾。红箭鱼具有弹跳力，适应性强，对水质要求不高。物语：生活富足，年年有余。

hóng shī tóu jīn yú
红狮头金鱼

tiān shēng lóng zhǒng shī tóu hóng　měi rú duī xuě qiào shuǐ cōng
天生龙种狮头红，美如堆雪俏水葱。

tuī yún bō wù fán xīn dòng　qián rù rén jiān kàn mín fēng
推云拨雾凡心动，潜入人间看民风。

红狮头金鱼，别名：狮子头。鲤科。分布于东亚等地区。红狮头金鱼身体短壮，头部宽大，腹部较圆，嘴部齐平，头顶肉球丰满，呈金红草莓状。尾鳍宽大舒展，眼与嘴巴均收于肉球内里，酷似一头威风凛凛的雄狮，模样俊俏且具有王者风范。其属于杂食性品种。挑选时，就选择头部突起硕大、身体均匀、背鳍高翅的个体。物语：水中新晴，如沐春风。

hǔ pí yú
虎皮鱼

hǔ pí yú qún wǎng wài qiáo tiān xià qiān shān wàn fēng xiǎo
虎皮鱼群往外瞧，天下千山万峰小。

wéi yǒu hǎi yáng gòu shēn ào qiān yǐn jiāng hé liǎng bǎi tiáo
唯有海洋够深奥，牵引江河两百条。

虎皮鱼，别名：四间鱼、四间鲫鱼。鲤科，无须鲃属，热带观赏鱼。原产于马来西亚、印尼苏门答腊岛、加里曼丹岛等内陆水域，多引自热带地区培育观赏。色彩光鲜亮丽，生性活泼好动。喜欢群居于含氧量高、温度偏高、水质清澈见底的老水之中，鱼缸里要放置适量大水草遮光。多在中层水域群游，动作十分敏捷。物语：阳光无形，远山有影。

huā luó hàn
花罗汉

shēng jiù yī fù měi róng yán, xiù qiú dài zài tóu shàng biān.
生就一副美容颜，绣球戴在头上边。
cí méi shàn mù huā luó hàn, ān xián zì zài xiǎng tiān nián.
慈眉善目花罗汉，安闲自在享天年。

花罗汉，由台湾罗汉鹦鹉和墨西哥的杂交七彩蓝火口改良而成。头形突出，宛如寿星，富贵之气十足。色彩多以青色、电光色、淡色为主，身体呈四方型，头分为水头和角头。背鳍和腹鳍都有细长的末端，遮住尾鳍，以体形与尾型为欣赏重点。代表品种有古典美人、蓝月星、七星伴月、五月花、红美人、五光十色等。物语：锦上添花，兴旺发达。

huǒ yàn bèi
火焰贝

yún hǎi xuě níng fēng liú shuǐ，bì bō zì yì làng huā fēi。
云海雪凝风流水，碧波恣意浪花飞。

jīn shā zěn shě huǒ yàn bèi，zhuā bǎ hǎi fēng kě jìn chuī。
金沙怎舍火焰贝，抓把海风可劲吹。

火焰贝。狐蛤科，狐贝属。分布于太平洋、加勒比海地区、菲律宾海域。藏身于洞穴之中，非常罕见。火焰贝会利用贝壳碎片和粗大海沙粒自制栖息巢穴。喜欢用两片贝壳开合制造动力，推动水流，飞快移动行走，火红色的触须可作辅助。居住于岩缝阴暗处，火焰贝中间肉体部分的两条发光体，会发出霓虹灯一样的光芒。物语：红红火火，天天快乐。

jú hóng hǎi mián
橘红海绵

xiāng jiào chūn tiān měi chéng tuán jīng dòng hǎi dǐ ān zhěn shān
香教春天美成团，惊动海底安枕山。

jú hóng hǎi mián jí fàng diàn hū jiào míng yuè kuài huí huán
橘红海绵急放电，呼叫明月快回还。

橘红海绵，多孔滤食性动物。不能自己行走，只能附着固定在海底的礁石上，从流过身边的海水中获取食物。形态各异，大小不一，常在其附着的基质上，形成薄薄的覆盖层，呈橘红色。橘红海绵在进化过程中，形成了一套利用天然水流捕食的动能系统，并与藻类共生共存，相互提供帮助。有的喜欢穴居。物语：海底神仙，益寿延年。

kǒng què huā jiāng
孔雀花鳉

liú li chí zhōng fèng bǎi wěi　wǔ cǎi bān lán shuǐ shàng fēi
琉璃池中凤摆尾，五彩斑斓水上飞。
jīn shēng wèi céng shì quán guì　dàn bó míng lì bù hòu huǐ
今生未曾事权贵，淡泊名利不后悔。

孔雀花鳉，别名：凤尾鱼、古比鱼、彩虹花鳉、虹鳉。花鳉科，花鳉属，小型淡水观赏鱼。原产于北美洲等地区，亚洲、大洋洲、太平洋、欧洲等地区引入观赏。孔雀鱼性格温顺，寿命比较短，体形修长，后部侧扁，有非常漂亮、艳丽的尾巴，雌雄鱼的体型和色彩差距相对大，栖息于温暖的泉水和杂草丛生的沟渠、运河中。物语：揽月摘星，万事亨通。

kǒng shí chún
孔石莼

shān kàn jǐng sè yǔ wàng yún　shuǐ huā làng shēng rì yuè xīn
山看景色雨望云，水花浪声日月新。
cháo qǐ tuī chū lǜ fēng yùn　cháo luò shōu shi kǒng shí chún
潮起推出绿风韵，潮落收拾孔石莼。

孔石莼，别名：绿菜、海白菜、海莴苣、海青菜、青苔菜。石莼科，石莼属，属于一种常见的纸片状的藻体。分布于东海、南海等海域，在黄海、渤海出现较少，生于海湾内的中、低潮带的岩石之上。孔石莼叶片边缘圆或呈波浪状鲜绿色。藻体上布满了小孔，根基固定于海潮之间的礁石上，冬春采收可供食用。物语：友情常在，继往开来。

lán sè lóng xiā
蓝色龙虾

zuò kàn qīng shān bù zhī chūn，zhī jiàn làng huā nán jiàn shén
坐看青山不知春，只见浪花难见神。

hǎi jiāng lóng xiā sè rǎn jìn，lán tiān rú hé zài gēng xīn
海将龙虾色染尽，蓝天如何再更新。

蓝色龙虾。龙虾科，龙虾属，是由于基因变异而出现的罕见物种，故被称为媲美活化石的珍稀海洋生物。蓝色龙虾的成长期较长，要用七年时间，其间要蜕壳30至35次，才可能长到1公斤左右，常见的食用龙虾主要分两大类：美洲龙虾和欧洲龙虾。蓝色龙虾肉质鲜美的程度，足以胜过任何龙虾，且带有大海的味道。物语：海底王国，有待探索。

lán xiè
蓝蟹

qīng zhēng yī pán yān huǒ jǐng, kǒu tǔ jǐn xiù yā chūn fēng
清蒸一盘烟火景，口吐锦绣压春风。

ào shì qún xióng bù shì mèng, hǎi dǐ lán xiè nì tiān shēng
傲视群雄不是梦，海底蓝蟹逆天生。

蓝蟹，别名：青蟹、美味优游蟹。梭子蟹科，美青蟹属，为大西洋沿岸常见的可食用螃蟹。蓝蟹原产于由新斯科舍至阿根廷的西大西洋。它们被引进到日本及欧洲海域，也出现在波罗的海、北海、地中海及黑海。因其长有宝石蓝蟹腿和红色前螯尖，加上外形色彩艳丽且善于游泳，被誉为漂亮的海底游泳者。物语：高贵奇特，世间不多。

lián yú
镰鱼

shān gāo shuǐ shēn bù yán gōng fēng yǔ mǎn tiān zì cóng róng
山高水深不言功，风雨满天自从容。
lián yú huá guì tiān zhù dìng shén xíng jiān bèi jiào yǒu chéng
镰鱼华贵天注定，神形兼备叫有成。

镰鱼，别名：角蝶鱼、海神像。镰鱼科，镰鱼属的唯一热带岩礁鱼类。分布于东非、马达加斯加等地区。主要生活于多礁石的温暖浅水海域，喜欢结成小群。在珊瑚礁丰盛的地方，觅食礁石上的海绵海藻等有机物。镰鱼形体特别，高大于体长，花纹亮丽，醒目的图案上，色彩搭配优雅，被誉为世界上最美的观赏鱼之一。物语：风流古今，美无穷尽。

菱角

líng jiao

月下几亩丹桂田，住着三五水底仙。

yuè xià jǐ mǔ dān guì tián, zhù zhe sān wǔ shuǐ dǐ xiān.

菱角小花有四瓣，夜晚开了白天关。

líng jiao xiǎo huā yǒu sì bàn, yè wǎn kāi le bái tiān guān.

菱角，别名：水栗、菱实、乌菱、水菱。菱科，菱属，一年生草本水生植物菱的果实。原产于欧洲和亚洲的温带地区，广泛分布于中国大部分水域。只有中国和印度进行了驯化和栽培利用。开白色小花，淡黄色花蕊，夜里开放，白天合上。果实形状有所不同，两个弯角的占多数。果实有硬壳，因为有角，故称为菱角。物语：水下硕果，流金本色。

lóng zhǒng jīn yú
龙种金鱼

hǔ tóu lóng jīng mǎ nǎo yǎn　yáng zhī bái yù jīn sī chán
虎头龙睛玛瑙眼，羊脂白玉金丝缠。

chūn jiǎn yī fēn ruò jīng yàn　jiù cǐ chéng jiù huā zhī yuán
春减一分若惊艳，就此成就花之缘。

龙种金鱼，中国金鱼中的传统品种，极具代表性，最大的特点就是凸出的眼睛。眼球形状各异，有灯泡型、圆球型、苹果型。有的金鱼眼睛酷似龙眼，所以被称为龙种金鱼。龙种金鱼一般体型较短，鳞片形状较圆，有高耸的背鳍、成双的胸鳍和臀鳍、四片飘逸的鱼尾。非常美观大方，由于品种多、色泽漂亮而极受欢迎。物语：龙腾鱼跃，超级收获。

lǜ niǔ kòu shān hú
绿钮扣珊瑚

dōng fēng chuī guò xī fēng huán　yuè guāng sǎ mǎn shí yuè tiān
东风吹过西风还，月光洒满十月天。

mù yún hòu zhòng fēi bù yuǎn　chén rù shuǐ zhōng biàn chéng shān
暮云厚重飞不远，沉入水中变成山。

绿钮扣珊瑚。分布于印度尼西亚、新加坡海域。灰白色身躯上长有绿色触手花盘，滤食性，卵生，以浮游动植物及其他有机物碎屑为食。常群体出没在阳光充足的海域，也喜欢和其他软体动物共同生活居住。人工饲养容易，管理粗放，只要给予合适干燥饲料即可，非常适合新手养育观赏，晚间会将整个花盘卷起来。物语：珠联璧合，获益良多。

màn lóng yú
曼龙鱼

guāng yǐng cuò luò fú yáo duō　màn lóng yú yóu yè guāng hé
光影错落扶摇多，曼龙鱼游夜光河。
bù jīng yì jiān cóng tóu yuè　yí sì rǎn shàng huā fēng gé
不经意间从头越，疑似染上花风格。

曼龙鱼。丝足鲈科，毛足鲈属。颜色十分亮丽，为广受欢迎的常见小型热带观赏鱼。曼龙鱼对水温要求不高，但水质要尽量洁净。具杂食性，喜欢吃浮在水面的饲料，也吃活饵。雌雄在6个月龄后，同养可繁殖后代，相对容易管理。曼龙鱼喜欢深邃幽静的环境，寿命一般不超过三年。适合家庭培育。

物语：热辣观赏，鱼界花王。

mĕi rén xiā

美人虾

hăi dĭ xuăn xiù wú dìng shí mĕi rén xiā zĭ jiāo dī dī
海底选秀无定时，美人虾子娇滴滴。
tiān dì wèi jué hóng huāng lì làng huā nòng qiăo dă jīn zhī
天地未绝洪荒力，浪花弄巧打金枝。

美人虾，别名：猬虾。猬虾科，猬虾属，常见的海水观赏虾。美人虾广泛生活于世界各地的热带海域，主要活动在浅海的慢水流中，栖息于低海潮的珊瑚礁区域。美人虾长着不合比例的大螯，须和肢都很长，身上布有绚丽的斑纹，红白相间非常好看。生性凶猛好斗，不喜欢与同类聚集，唯独结对雌雄时刻形影不离。物语：霞披彩光，幸福同享。

ní hóng zhī lǐ
霓虹脂鲤

huái bào yuè liang jiē gāo tiān， hóng lǜ dēng yú bǐ lín huán
怀抱月亮接高天，红绿灯鱼比邻还。
gǔ jīn tóng xíng liǎng bù yàn， bǐ cǐ chéng jiù zài rén jiān
古今同行两不厌，彼此成就在人间。

霓虹脂鲤，别名：红绿灯鱼、霓虹灯鱼。脂鲤科，霓虹脂鲤属。分布于秘鲁、哥伦比亚、巴西等地区，通体色彩艳丽，形态优美，娇小玲珑。游动时闪烁金属光泽，如花似玉，美不胜收，主要栖息在南美洲索利蒙伊斯河的黑水域和清水域，喜欢集群在水底活动，属杂食性鱼类。主食人工饵料，也吃红虫和水蚤等活体食物。物语：红香绿裹，前景广阔。

qī cǎi shén xiān
七彩神仙

hào rán zhèng qì rì yuè chǒng，shuǐ dǐ jiǎo de làng huā shēng。
浩然正气日月宠，水底搅得浪花生。

yǎn shén zhuàng chū shén xiān lìng，fāng zhī qī cǎi shì rǔ míng。
眼神撞出神仙令，方知七彩是乳名。

七彩神仙，别名：黄棕盘丽鱼、盘丽鱼、七彩燕、七彩神仙鱼。慈鲷科，盘丽鱼属，体长0.2米。分布于南美洲亚马孙河流域。七彩神仙鱼文静优雅，鱼体颜色受光照影响产生变幻，光暗时体色深暗，光亮时色彩艳丽丰富，通体似锦，游动起来犹如云霞彩缎，令人炫目赞叹。远观头、体和鳍难以分辨。近几年来，其价格较贵。物语：春染锦绣，秋获丰收。

shén xiān yú
神仙鱼

yún hǎi bù kān fēng chuī fú, bì làng nán jīng shén xiān yú.
云海不堪风吹拂，碧浪难惊神仙鱼。

xiāng sī jià qǐ tōng tiān lù, shì jiān wú wù shèng qíng nǔ.
相思架起通天路，世间无物胜情弩。

神仙鱼，别名：燕鱼、天使鱼、小神仙鱼、小鳍帆鱼。丽鱼科，天使鱼属，有热带鱼皇后之美誉。原产于南美洲的圭亚那、巴西。神仙鱼游起来姿态唯美飘逸，宛如水中飞燕。背鳍和臀鳍大而长，雌雄特征明显，雄鱼的额头发达饱满，雌鱼腹部膨胀。神仙鱼性格文静，宜混养。现有金头神仙、三色神仙和云石神仙等多个品种。物语：天地和谐，日月同乐。

shuāng xū gǔ shé yú

双须骨舌鱼

yīn miào fāng zhī dǐ qì zú, měi shēng kě xuǎn yín lóng yú

音妙方知底气足，美声可选银龙鱼。

qián tóu bǎi chū yán rú yù, shēn hòu shōu qǐ huáng jīn wū

前头摆出颜如玉，身后收起黄金屋。

双须骨舌鱼，别名：银龙鱼、银带、银龙、银大刀鱼。广泛分布于南美洲亚马逊河流域及其支流。1935年引入美国后，成为中大型淡水观赏性鱼类。双须骨舌鱼的身体呈长带形状，长有一对短而粗的须，通体色泽漂亮，鳞片大而闪烁金属色。野生银龙鱼生性勇猛，繁殖力强，善于跳跃，可以吞吃跌入水中的任何小动物。物语：千秋祥和，通达百业。

shuǐ pào jīn yú
水泡金鱼

yī chí fēng hé rì lì tiān　　sān èr méi huā yù shén xiān
一池风和日丽天，三二梅花玉神仙。

yuǎn wàng xīn chéng dǐng fèng guān　　jìn kàn níng hóng bǎ jiā huán
远望新橙顶凤冠，近看凝红把家还。

水泡金鱼，别名：水泡眼、水泡眼金鱼，是出现较晚的一个金鱼品种。江苏扬州的水泡金鱼最为著名，与众不同的独特之处在于眼睛。水泡金鱼在眼球下方，与眼眶连接处，长有水泡，泡内充满液体，由皮质薄膜包裹，水泡随着金鱼的生长会逐渐增大。水泡金鱼体表色彩丰富，水泡华丽无比，别具情趣。物语：水生希望，福禄绵长。

太阳鱼

fēng ruò yǒu zhì tiān wú yún rì yǒu suǒ chéng yuè yǒu xīn
风若有志天无云，日有所成月有新。

dà hé dōng liú wú qióng jìn tài yáng yú yǒu pǔ dù xīn
大河东流无穷尽，太阳鱼有普度心。

太阳鱼。太阳鱼科，是少数集食用与观赏为一身的淡水小体型鱼类。原产于南部及墨西哥北部的淡水水域中，美洲中南部，分布于多个国家。多数色彩缤纷，外表出众。眼睛十分美丽，眼后部长有耳状花纹，已成为一种夺目的独特标识。生命力旺盛，适应能力超强，杂食性，可粗放管理，群体产量高，能够自然繁殖。物语：朝阳撒欢，晚霞催眠。

xuè yīng wǔ
血鹦鹉

měi rén rǔ míng cái shén yú yǎng shàng jǐ tiáo wéi qí fú
美人乳名财神鱼，养上几条为祈福。
tiān cì yī gè jīn qián dù qián tóu jìn le hòu tóu chū
天赐一个金钱肚，前头进了后头出。

血鹦鹉，别名：红财神、财神鱼、圣诞老人鱼。慈鲷科，通体呈现出鲜艳的红色。原产于中国台湾，属于观赏鱼的一种。血鹦鹉由雄红魔鬼鱼和雌紫红火口鱼杂交而成。体幅宽厚，尾巴短，嘴脸像鹦鹉，嘴巴小巧上翘无法闭合。血鹦鹉很容易饲养，对水质的适应力极强，杂食性，但食物中需增加含有虾红素的饲料，才可以保持鲜红色。物语：天地呈祥，万物荣光。

yǔ zhī
羽枝

fēi hóng qiǎn yún luò méi zhuāng shuǐ lǜ tiáo sè yún chí xiāng
绯红浅匀落梅妆，水绿调色云池香。
chén zhòng shēn qíng cún xī wàng shì fú xì yè nì fēng zhǎng
沉重深情存希望，试扶细叶逆风长。

羽枝，中文学名：海羽星。别名：海羊齿。海百合纲，卵生。滤食性，以浮游动植物及其他有机物碎屑为食。底部卷枝可以爬行或抓住物体，也能利用羽枝上下摆动在海底游走。分布于中国和周边国家水域，栖息于水流较强的珊瑚礁及岩石表面。具有再生能力，无论断掉什么都可以再生，即使失去内脏也会很快再长出来。物语：清风明月，五光十色。

月眉鲽

yuè méi dié

jīng cǎi xié shǒu dé yì shí， gāo míng xiāng yuē huā yǐng lǐ。

精彩携手得意时，高明相约花影里。

nǎ tiáo yú ér bù yóu xì， shuí gè méi yǒu qīng sè qī。

哪条鱼儿不游戏，谁个没有青涩期。

月眉鲽。原产于印度洋、太平洋以及中国台湾等海域，是一种观赏鱼。月眉鲽是一种夜行性鲽鱼，白天的时候大多数时间都会待在石头的缝隙之中。体黄色，黑色斑块覆盖眼睛，眼斑上部有白色斑块，背部前端有黑色斑。体侧有数条斜竖黑纹，背鳍基部暗色，各鳍带有红色或者其他色边。以丰年虾和甲壳类等为食。物语：春花如棉，秋粮似山。

正海星

zhèng hǎi xīng

wēi fēng xì yǔ chū xiāng féng, rú cháng yáo xǐng zhèng hǎi xīng.
微风细雨初相逢，如常摇醒正海星。

yè niǎo guī mián tiān dì jìng, zhǐ wén shān hé dòng chūn shēng.
夜鸟归眠天地静，只闻山河动春声。

正海星。海洋齿科，一种棘皮动物，比大熊猫还要古老很多。分布于印度洋、西太平洋海域，常见于中国台湾同边海域。体扁平，属于后口动物。靠液压的作用使管足蠕动而产生运动，在海底缓慢爬行。正海星吸附在岩石上，主要捕食浮游生物等。它可以上下左右自由摆动腕臂，也会随着水流游动。物语：皓月悬空，芳华星动。

物语集

动物类

S

树鹨　　物语：迁徙很累，机票免费。

水雉　　物语：全新学科，公平之作。

丝光椋鸟　　物语：青山绿水，大地生辉。

四川白鹅　　物语：如雪梅香，浪花千行。

四声杜鹃　　物语：爱恨参半，空留遗憾。

松雀　　物语：登高母子，情长万里。

蓑羽鹤　　物语：落地生辉，亲情金贵。

T

太湖鹅　　物语：美艳神奇，稍纵即逝。

塘鹅　　物语：细枝末节，任风漂泊。

天山雪鸡　　物语：日落山色，月盈如雪。

W

文鸟　　物语：物转星移，悄无声息。

乌鸫　　物语：百舌先生，尝试进城。

乌林鸮　　物语：月夜神将，英姿飒爽。

乌鸦　　物语：掌握玄机，志向千里。

五彩金刚鹦鹉　　物语：似水流年，成事在天。

五色鸟　　物语：爱无更替，情如初时。

X

喜鹊　　物语：锦官报喜，万事如意。

相思鸟　　物语：情有独钟，海誓山盟。

小白兔　　物语：天生精灵，从不争宠。

小鹅　　物语：警惕性高，比狗还好。

小狗　　物语：宝宝无害，人见人爱。

小鸡仔　　物语：幼时当宝，长大吃掉。

小马驹　　物语：自由伊始，日行千里。

小猫　　物语：家有宠物，牵挂照顾。

小猫头鹰　　物语：久而久之，变成知己。
小毛驴　　物语：时代变迁，减少遗憾。
小牛犊　　物语：有甜有苦，正常程序。
小鸭子　　物语：天真烂漫，不用下蛋。
小羊羔　　物语：羊最善良，可当奶娘。
小羊驼　　物语：小小羊驼，跳脱活泼。
小猪　　物语：猪有智慧，不信后悔。
笑翠鸟　　物语：当仁不让，揽尽风光。
新几内亚极乐鸟　　物语：气象万千，春晖无限。
信天翁　　物语：遮天蔽日，寿与福齐。
鸺鹠　　物语：生存逻辑，终获满意。
绣眼　　物语：接纳角色，拓宽自我。
雪鸮　　物语：无穷希望，春来秋往。
血雀　　物语：摘片云彩，枝头澎湃。

Y

夜鹭　　物语：口味不换，静美无言。
夜鹰　　物语：望而不及，遗世独立。
银喉长尾山雀　　物语：心底如春，抛却红尘。
鹦鹉　　物语：五彩斑斓，志向于天。
疣鼻天鹅　　物语：青春不多，切勿挥霍。
鸳鸯　　物语：称心如愿，并蒂相连。
园丁鸟　　物语：守望美好，生命不老。
云雀　　物语：歌声美妙，从不走调。

Z

沼泽山雀　　物语：上天成全，知足平安。
鹧鸪　　物语：无愧天地，活出意义。
针尾鸭　　物语：水中捞天，辽阔无边。
中杜鹃　　物语：任性谋利，违背常理。
中国寿带鸟　　物语：追云逐日，情动天地。

中华攀雀　　物语：房子漂亮，迎娶新娘。

朱鹂　　物语：时代变迁，地覆天翻。

侏儒鸟　　物语：竭尽风流，无奇不有。

珠鸡　　物语：拂日卷云，月悬称心。

竹鸡　　物语：安乐自足，便是幸福。

紫蓝金刚鹦鹉　　物语：温和巨人，美进人心。

紫胸佛法僧　　物语：如若定亲，永不变心。

棕背伯劳　　物语：声音动听，个性勇猛。

棕脸鹟莺　　物语：若有情感，声音超甜。

棕扇尾莺　　物语：不测风云，流金淌银。

棕头鸦雀　　物语：碧海青天，大爱无言。

昆虫类

B

碧翠凤蝶　　物语：花开蝶舞，收获富足。

C

蝉　　物语：岁月凝重，戏剧一生。

F

蜂鸟鹰蛾　　物语：另类微光，花境吉祥。

G

蝈蝈　　物语：爱之深沉，传遍古今。

M

蜜蜂　　物语：花之风景，甜蜜取胜。

Q

秋赤蜻　　物语：展翅高飞，携带祥瑞。

T

螳螂　　物语：未来思念，日月循环。

水生生物

B

白千手佛珊瑚　　物语：海深有沿，谦虚无边。

C

朝天龙水泡眼　　物语：望天成长，财丁两旺。
长刺海胆　　物语：天地空泛，包容万千。
扯旗黑水泡　　物语：天生福将，精彩独享。
雏菊珊瑚　　物语：海鉴明月，香飘银河。

H

海带　　物语：花容月色，奉献良多。
海葵　　物语：静中安然，天地自宽。
海苹果　　物语：花红叶绿，平安是福。
红箭鱼　　物语：生活富足，年年有余。
红狮头金鱼　　物语：水中新晴，如沐春风。
虎皮鱼　　物语：阳光无形，远山有影。
花罗汉　　物语：锦上添花，兴旺发达。
火焰贝　　物语：红红火火，天天快乐。

J

橘红海绵　　物语：海底神仙，益寿延年。

K

孔雀花鳉　　物语：揽月摘星，万事亨通。
孔石莼　　物语：友情常在，继往开来。

L

蓝色龙虾　　物语：海底王国，有待探索。
蓝蟹　　物语：高贵奇特，世间不多。
镰鱼　　物语：风流古今，美无穷尽。
菱角　　物语：水下硕果，流金本色。
龙种金鱼　　物语：龙腾鱼跃，超级收获。
绿钮扣珊瑚　　物语：珠联璧合，获益良多。

M

曼龙鱼　　物语：热辣观赏，鱼界花王。
美人虾　　物语：霞披彩光，幸福同享。

N

霓虹脂鲤　　物语：红香绿裹，前景广阔。

Q

七彩神仙　　物语：春染锦绣，秋获丰收。

S

神仙鱼　　物语：天地和谐，日月同乐。

双须骨舌鱼　　物语：千秋祥和，通达百业。

水泡金鱼　　物语：水生希望，福禄绵长。

T

太阳鱼　　物语：朝阳撒欢，晚霞催眠。

X

血鹦鹉　　物语：天地呈祥，万物荣光。

Y

羽枝　　物语：清风明月，五光十色。

月眉鲽　　物语：春花如棉，秋粮似山。

Z

正海星　　物语：皓月悬空，芳华星动。